À NASTIA

Directeur de publication : Frédéric Lavabre - Collection dirigée par Emmanuelle Beulque - Maquette : Xavier Vaidis. Design couverture : Audrey Levy pour Sarbacane
© 2016, Éditions Sarbacane, Paris. **www.editions-sarbacane.com** - facebook.com/fanpage.editions.sarbacane - instagram.com/editionssarbacane
Tous droits de reproduction, de traduction et d'adaptation réservés pour tous pays. Loi n° 49-956 du 16 juillet 1949 sur les publications destinées à la jeunesse.
Dépôt légal : 2ᵉ semestre 2016. - ISBN : 978-2-84865-906-0 - Imprimé en France par Pollina.L78238.

RÉBECCA DAUTREMER

LE BOIS
DORMAIT

SARBACANE
éditeur de création

*Toi qui tiens ce livre entre tes mains, je te remercie de prendre le temps
de tourner ses pages. Je l'ai écrit et je l'ai illustré avec beaucoup d'attention
et de plaisir.*

*Regarde là. Juste là, sur la page d'à côté, ces deux bonshommes qui discutent.
Il me semble qu'ils vont partir en balade. Tu peux les suivre discrètement,
peut-être ? Écoute-les. Ils vont parler d'une histoire qui te rappellera quelque
chose, je crois…*

RÉBECCA DAUTREMER

LE BOIS DORMAIT

Viens, regarde.

Et écoute bien, parce qu'on n'entend presque plus rien ici.
La poussière dans le vent, ça ne fait pas beaucoup de bruit.

Avance un peu.   Là : tu n'entends pas quelqu'un respirer ?

Tiens, regarde… tu vois, là-bas ?

Et là, ces deux petits.

Mais tu en avais entendu parler, je pense.

C'est très étrange, n'est-ce pas ?

Et ça souffle, et ça ronfle.
Tout un monde qui se dégonfle.

Dis, je suis sûr que tu y as pensé comme moi : tu as pensé qu'ils étaient morts, pas vrai ?

Je l'ai cru moi aussi, au début.

Mais non. Ils dorment.

Ils dorment TOUS.

C'est bien tranquille, évidemment.   Et c'est beau, c'est vrai.

Mais ça manque peut-être un peu…
un peu de…

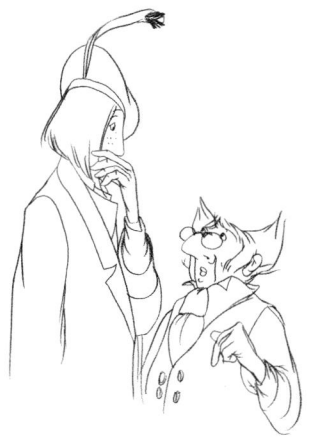

Tu vois ce que je veux dire ?

Enfin, même EUX ! Tu te rends compte ?
Ceux-là devraient avoir à faire, pourtant.
On devrait pouvoir COMPTER sur eux, par ici !

Et c'est comme ça depuis un temps fou.
100 ans, je crois.

100 ans !
C'est ce qu'on t'a dit, aussi ?

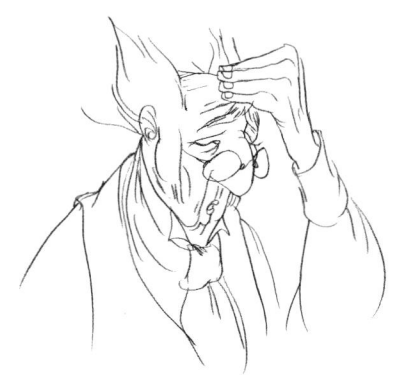
Mais c'est beaucoup trop long !

Et pourquoi, tu le sais ? Ils n'en ont pas assez, tous ?
Il n'y en a pas un qui ait envie que ça change ?
Allez hop, debout là-d'dans !

Ah oui, bien sûr, on t'a parlé du sort, à toi aussi.

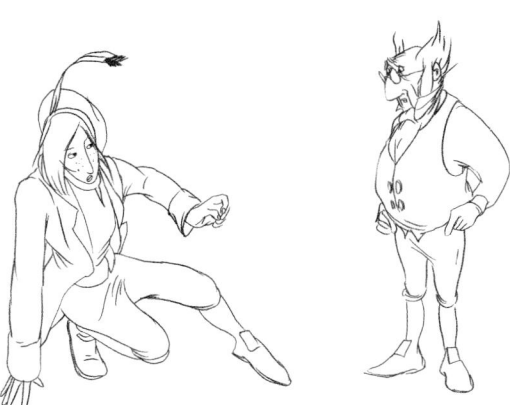

Mais tu y crois, toi, aux sorts et aux maléfices ?

Tu y crois, à toutes ces sorcières et ces machins qui endorment le monde, comme ça…

en claquant des doigts…

… et hop ! voilà !

Entre nous, si on invoque un sort à chaque fois qu'on a envie de faire un petit somme…

Moi, je me demande si les gens ne font pas semblant.
Peut-être qu'ils sont trop fatigués,
et qu'ils n'ont plus ENVIE de bouger ?

Ou peut-être qu'ils ont PEUR…

La maison
n'accepte
pas les
gros
CHIENS

THE Big SLEEP

Tu sais, il paraît qu'ils peuvent TOUS se réveiller !

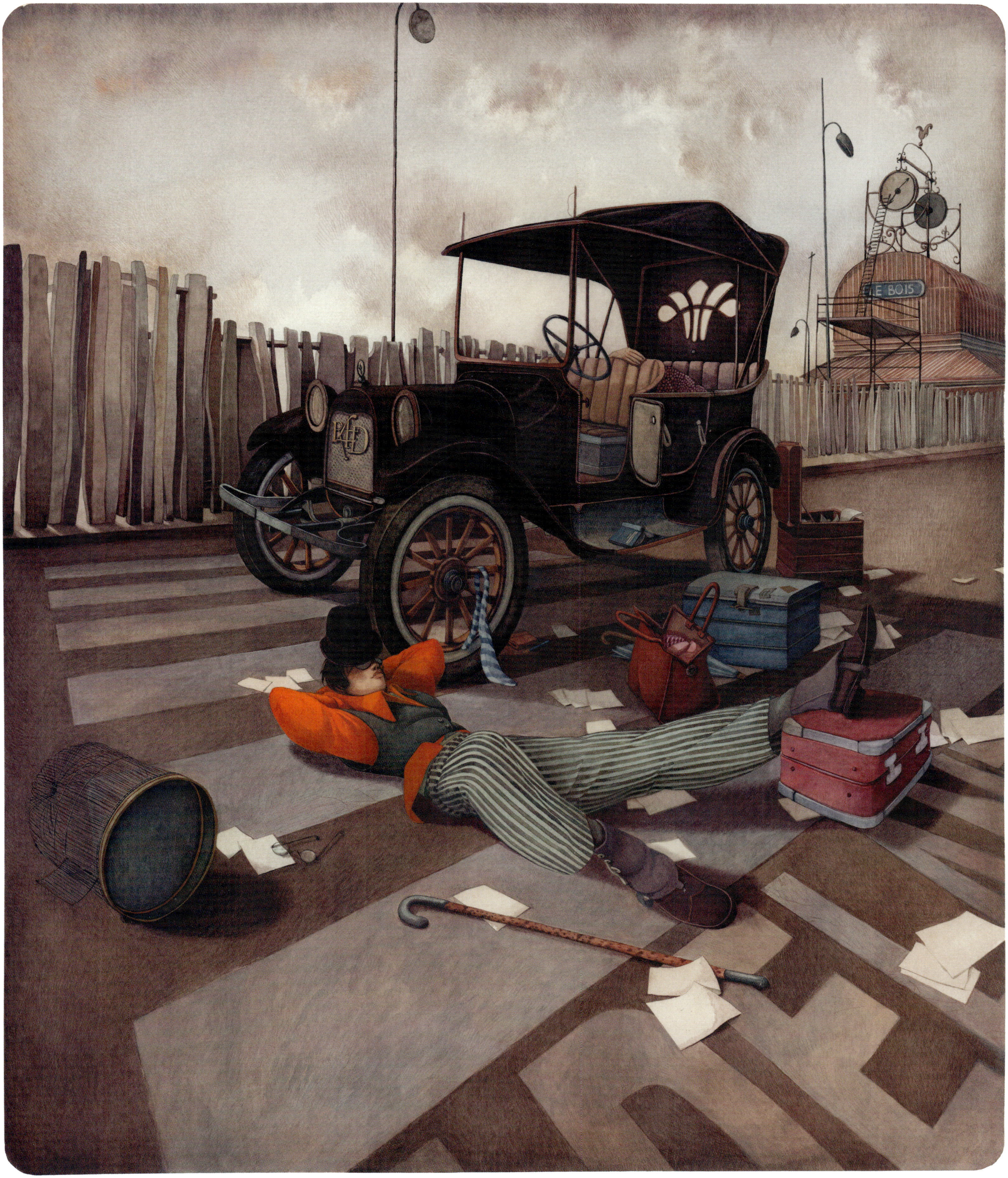
E BOIS

…ils attendent juste quelque chose, il paraît.

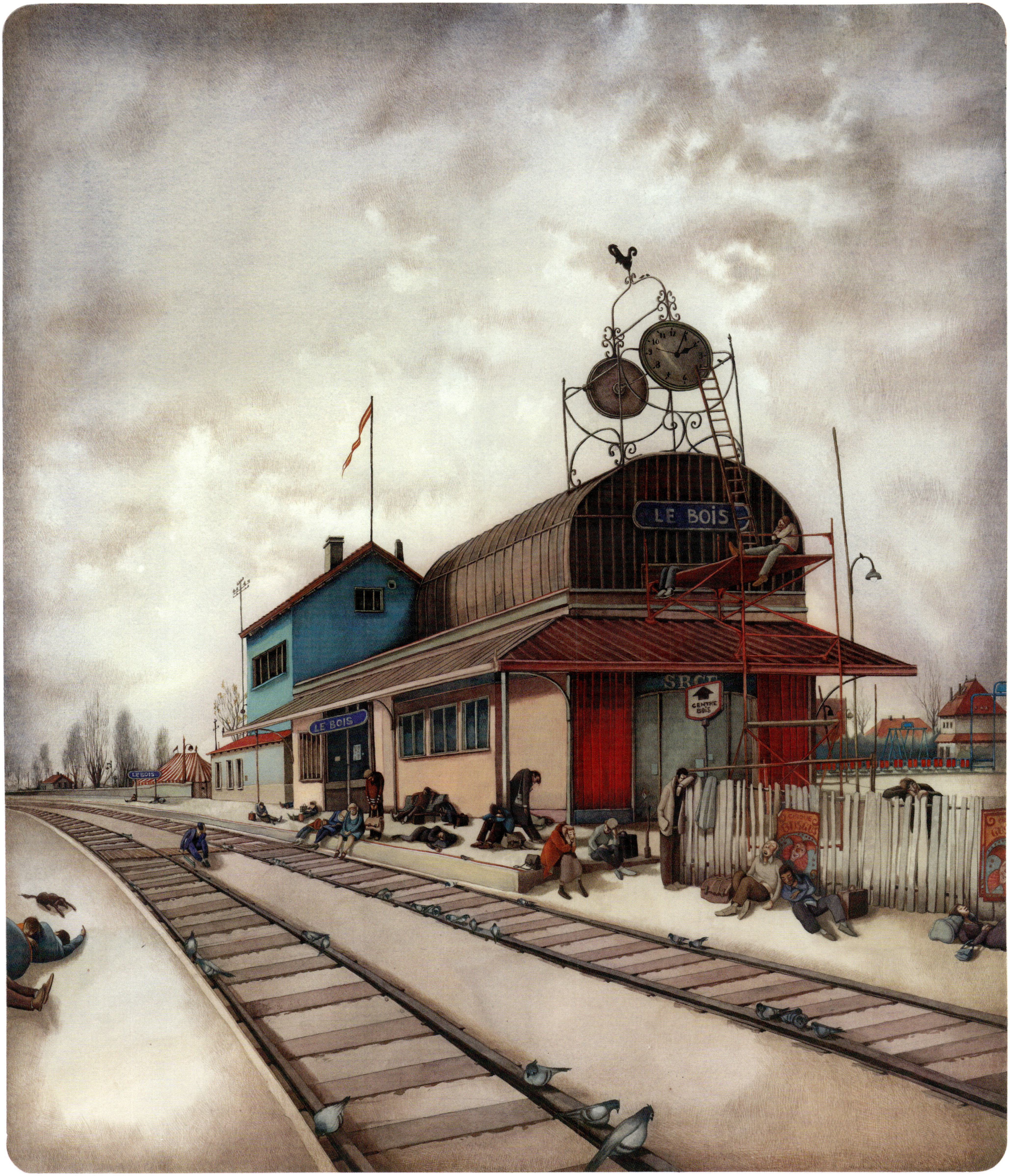
LE BOIS
LE BOIS
LE BOIS
CENTRE
BOIS

Ou… QUELQU'UN ?

Mais oui, tu sais bien, qu'est-ce qu'il fallait
pour réveiller tout ça ?

Pour conjurer le sort…    arrêter le machin…    C'était QUOI, déjà ?

Un truc tout simple, rappelle-toi…

Ah ? Un baiser ?

Flores
PETUNIA TRAVERSIN 2,50 Frs
DODO BLANC 3,20 F
Pyjama Rouge
SOMBRUS NOUVEAU 18 Frs

Un baiser…

... d'AMOUR ?

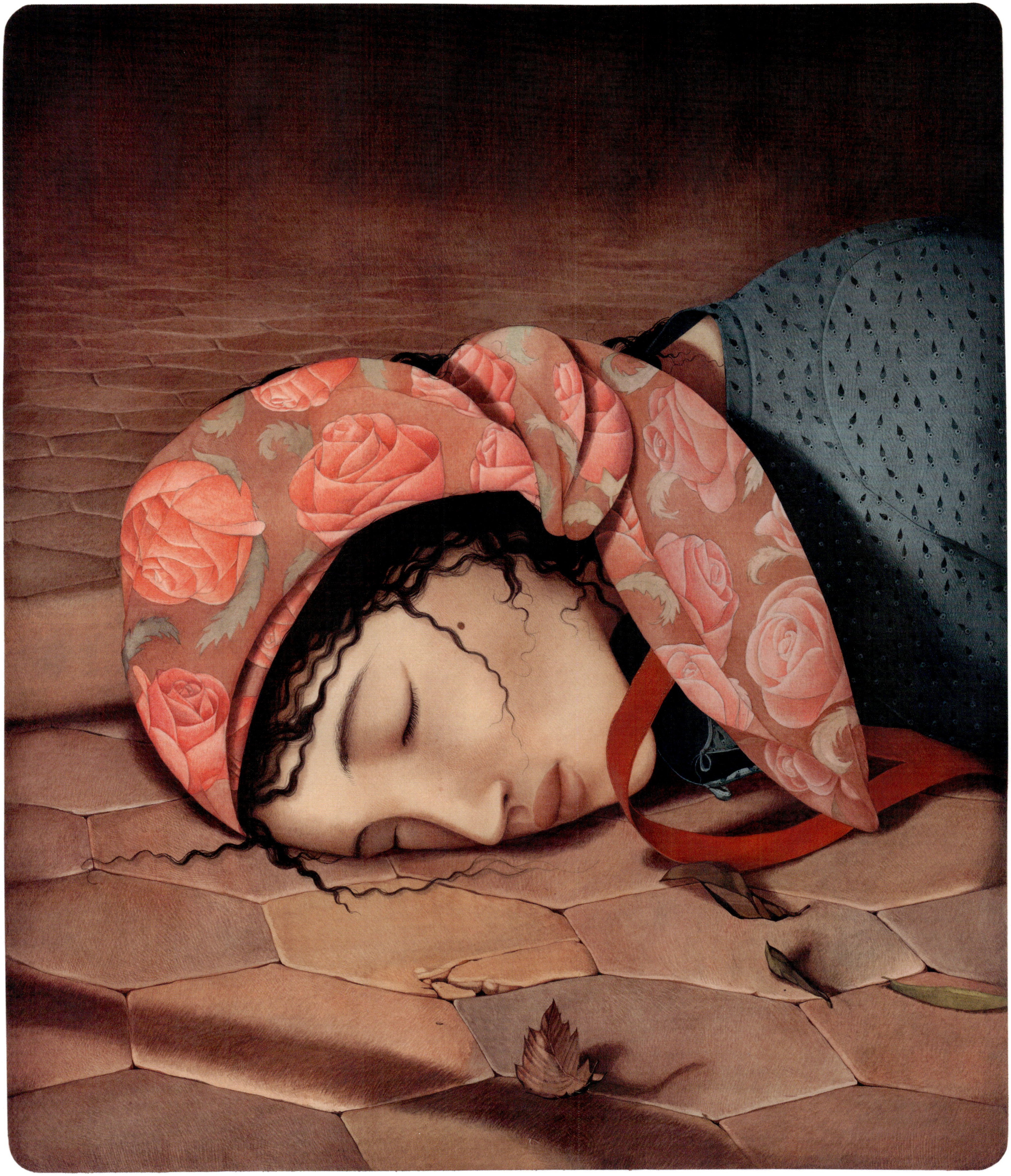

Hé...

… mais tu y crois, toi ?

Hé !... Mon Prince ?

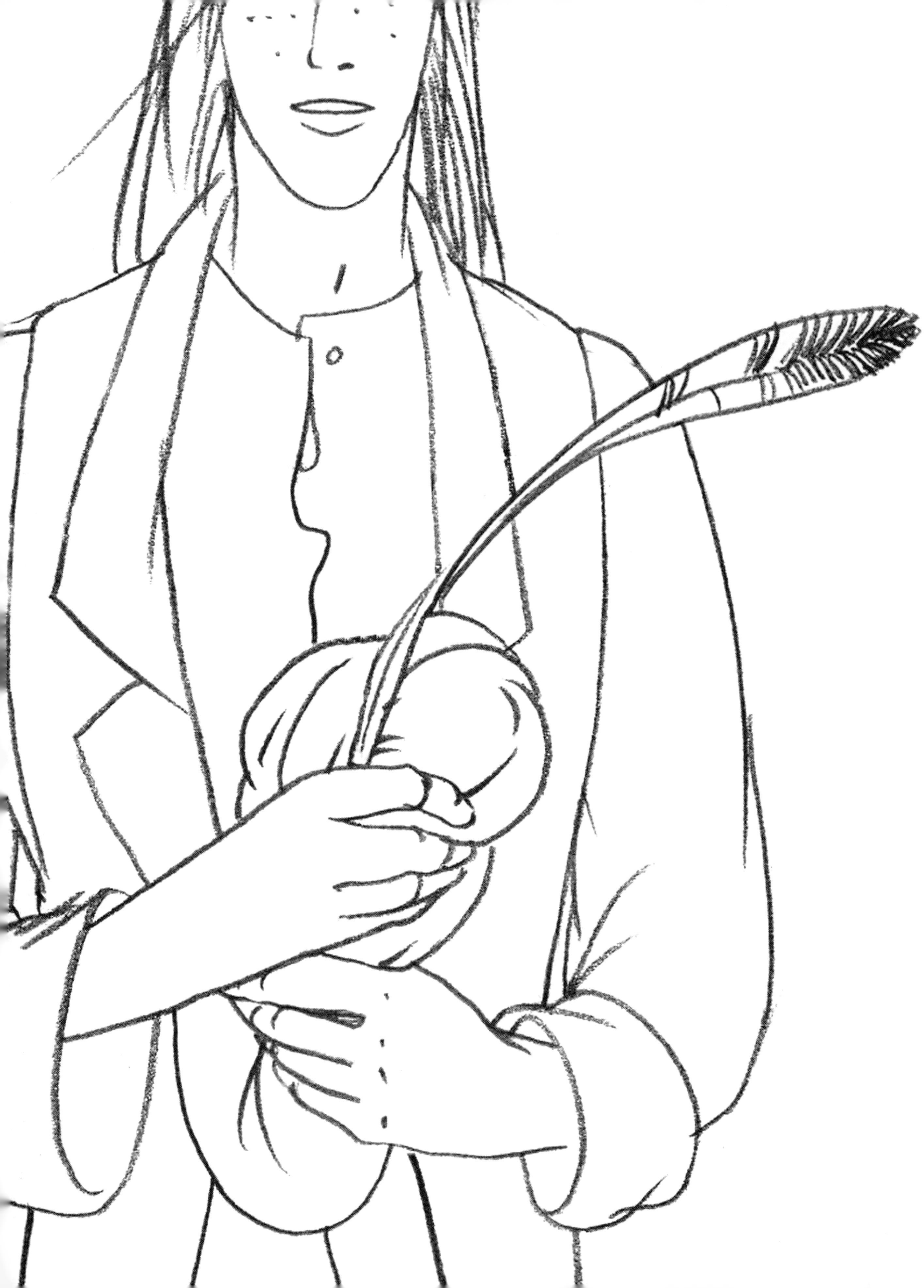

Où tu vas ??!

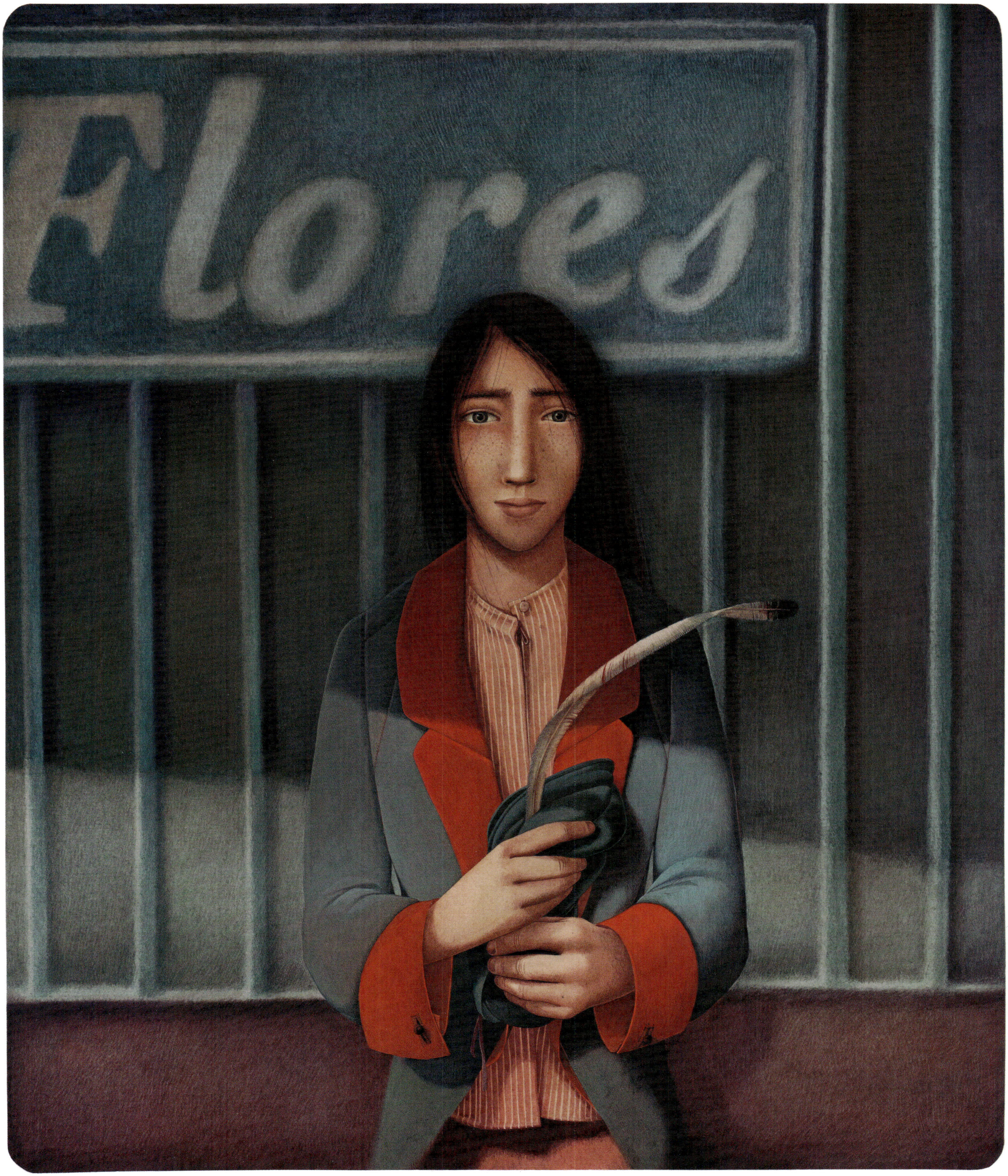
Flores

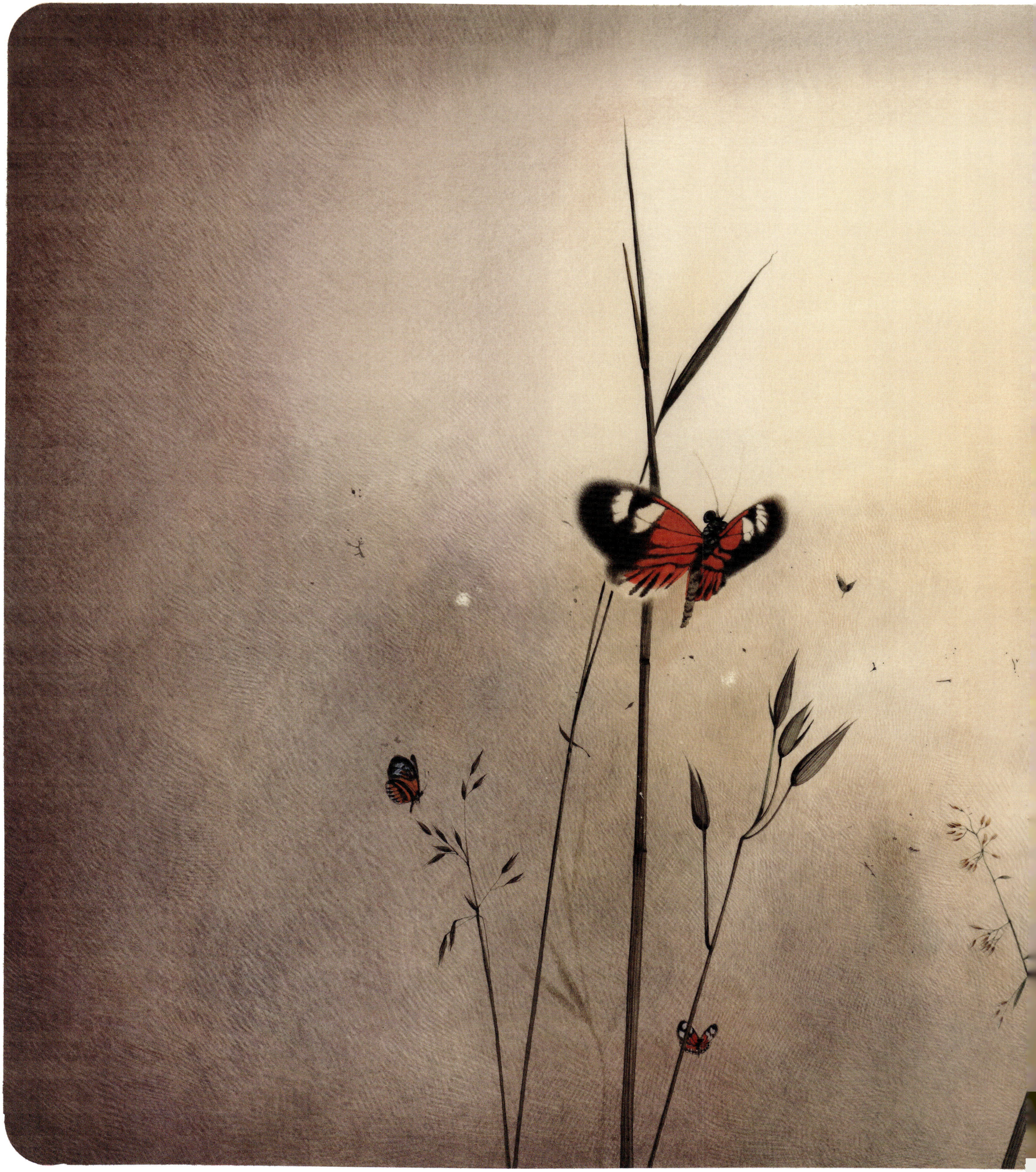

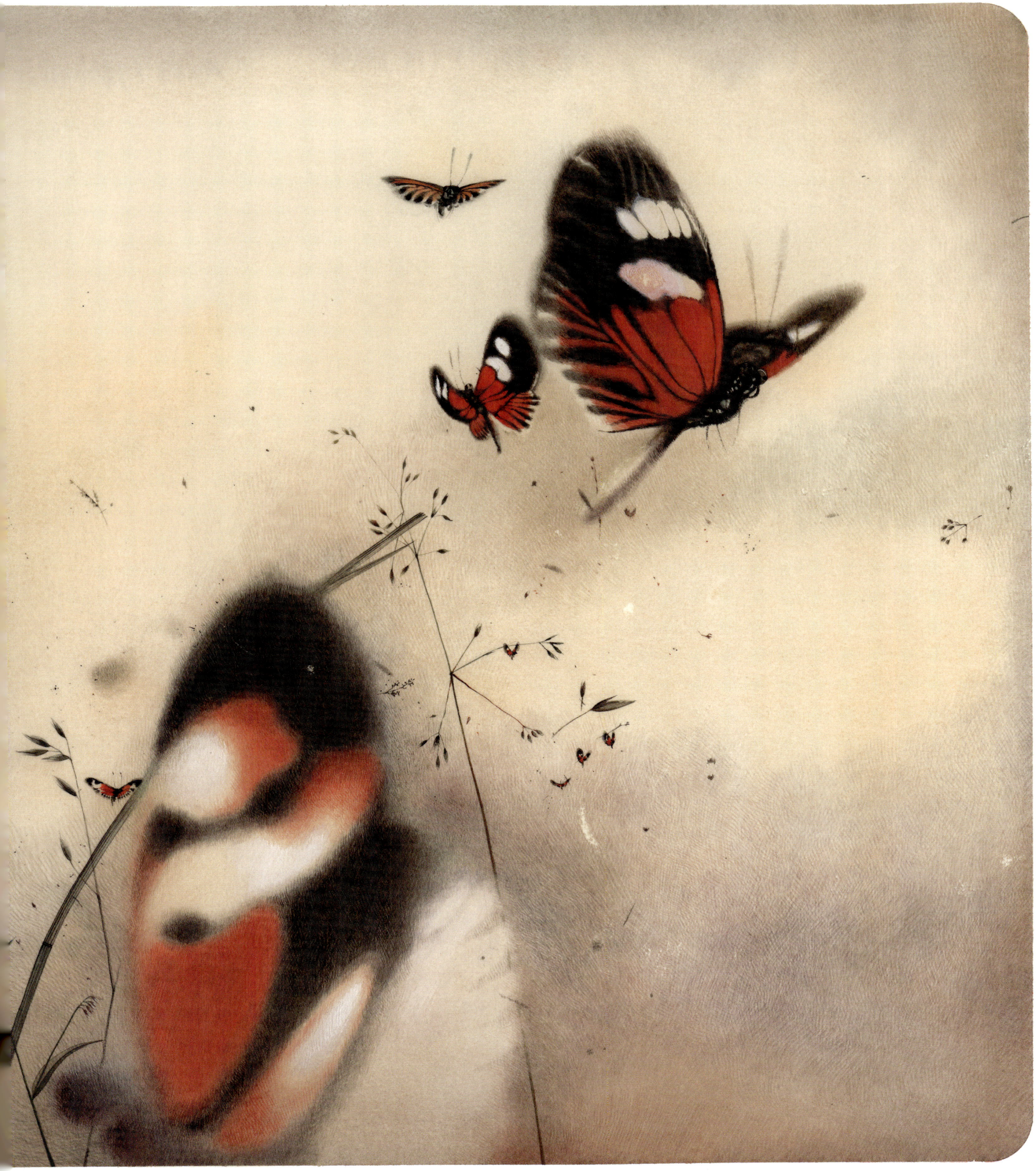